EXAMEN

DE LA QUESTION DE SAVOIR

SI LE SAGE EST L'AUTEUR DE GIL BLAS,

OU S'IL L'A PRIS DE L'ESPAGNOL;

SUITE DE L'ESSAI SUR LES MEILLEURS OUVRAGES
ÉCRITS EN PROSE DANS NOTRE LANGUE;

Lu à l'Académie Françoise, dans sa séance extraordinaire
du mardi 7 juillet 1818;

Revu et corrigé, avec des notes relatives à l'Édition de M. LEFÈVRE.
3 vol. *in-8°*, avec 9 gravures

EXAMEN

DE LA QUESTION DE SAVOIR

SI LE SAGE EST L'AUTEUR DE GIL BLAS,

OU S'IL L'A PRIS DE L'ESPAGNOL.

C'est une simple question d'histoire littéraire que je vais discuter ici. Le sujet, au premier coup d'œil, ne paroît pas considérable. Il ne s'agit que d'un roman, et l'on regarde les romans comme des ouvrages frivoles, trop souvent superficiels, quelquefois même dangereux ; mais il faut juger de la chose par son essence même, et non par l'abus qu'on en fait.

D'ailleurs, deux nations s'intéressent à la querelle que ce roman excite ; et sous ce dernier point de vue, la question à décider devient plus difficile, et ne manque pas d'importance.

L'Espagne est fière avec raison de l'histoire de Don Quichotte, chef-d'œuvre incontestable de l'esprit de Michel Cervantes et de la langue castillane. Nous devons convenir aussi que sa littérature a précédé la nôtre ; que, des premiers ouvrages bien écrits en françois, plusieurs ont été des emprunts que nous avons faits à l'Espagne ; que nous lui avons dû d'abord le roman d'Amadis, la tragédie du Cid, et la comédie du Menteur. Voilà nos dettes avouées ; mais ce n'est pas encore assez. L'Espagne nous dispute aussi, et Voltaire lui-même veut qu'on lui attribue, les aventures de Gil Blas, autre production agréable et utile, où tous les états de la vie sont passés en revue ; où des vérités fortes et des leçons hardies se cachent agréablement sous une enveloppe légère ; livre supérieur à ceux de son espèce ; livre lu dans toute l'Europe, et mis au nombre des modèles de la langue françoise dans un genre où les anciens ont pu devancer les modernes, mais ne les ont pas surpassés.

Le problème qui nous occupe devient donc très-intéressant. Je tâcherai de le résoudre à l'avantage de la France, et porterai mon examen sur toutes les parties que le sujet embrasse. Mes recherches doivent s'étendre

Sur les romans en général ;

Sur Gil Blas en particulier, et les allusions qu'il renferme ;

Sur le jugement que Voltaire en a porté, et son assertion que Gil Blas est pris entièrement de l'espagnol ;

Sur ce qu'en a dit Bruzen de La Martinière ;

Sur les *Relations de Marc Obregon*, ouvrage

espagnol où Voltaire a cru que Le Sage avoit pris son Gil Blas;

Sur l'erreur de Voltaire à cet égard;

Sur la revendication, plus récente, de Gil Blas par un jésuite espagnol;

Sur les preuves qu'il a voulu donner de sa prétention, dans le prologue de sa traduction espagnole du livre de Le Sage;

Sur la foiblesse de ses preuves;

Sur les traductions de Gil Blas, dans les autres langues de l'Europe;

Et enfin sur les imitations qu'on en a faites.

SUR LES ROMANS EN GÉNÉRAL.

Commençons par nous rendre compte des motifs qui décident le goût général du public pour ce genre de livre, et l'estime particulière que l'on fait de Gil Blas.

Il est aisé de remonter à l'origine des romans. La source de ces fictions sort du puits de la vérité par une route détournée. Elle naît du besoin que les hommes ont toujours eu d'être rappelés à eux-mêmes, et des ménagements que la raison doit prendre pour se présenter devant eux et s'en faire écouter avec plus de faveur. Ils l'aiment dans le fond, car ils sont nés pour elle; mais ils lui diroient volontiers ce que dit le comte d'Olban à la baronne

impérieuse qui le heurte de front, et qui prétend
le dominer :

> Je veux, madame, une femme indulgente,
> De qui l'humeur douce et compatissante,
> A mes défauts facile à se plier,
> Sache avec moi me réconcilier ;
> Me corriger sans prendre un ton caustique ;
> Me gouverner sans être tyrannique ;
> Et dans mon cœur pénétrer pas à pas
> Comme un jour doux dans des yeux délicats.
>
> VOLTAIRE, *Nanine*.

Il y a diverses manières de traiter par écrit cette
partie intéressante de la philosophie qui nous ap-
prend à nous connoître, nous fait rougir de nos
travers, et affermit en nous l'amour de nos devoirs ;
science vraiment propre à l'homme, et dont le caractère est à jamais tracé par le nom de morale,
qu'elle a reçu de Cicéron.

Pour atteindre à ce but, si digne de l'ambition
de tout écrivain de génie, nos législateurs et nos
guides en matière de goût, les anciens, nous ont
montré six routes principales : indiquons-les en
peu de mots.

1°. La première manière de traiter la morale est
de la réduire en système, et d'en faire un corps de
doctrine méthodique et suivie. Les principes des
mœurs et les lois de la conscience sont le code de
la nature. C'étoit ce qu'Aristote se proposoit dans
ses Éthiques ; c'est ce que Cicéron a mieux rempli

dans ses Offices, ou dans son Traité des Devoirs, le premier des livres profanes. Cette méthode dogmatique n'est pas la plus persuasive, quoiqu'elle soit la plus directe.

2°. On peut la traiter en détail, en rangeant sous certaines classes les exemples divers des vertus et des vices, qu'on trouve dans l'histoire. Sur certains esprits, les exemples sont plus forts que les règles. Cornélius Nepos, Plutarque, Valère Maxime, nous en ont laissé des modèles.

3°. On peut abandonner le détail des faits positifs, pour se borner à faire des portraits, ou des caractères, à l'exemple de Théophraste ; ou des maximes détachées, ainsi que les gnomiques grecs, et, parmi les Romains, ce Publius Syrus auquel il a suffi, pour s'immortaliser, de quelques vers sentencieux et d'une tournure précise.

4°. On peut, en se livrant à l'indignation qu'excitent les défauts des hommes, s'armer du fouet de la satire et attaquer de front les ridicules et les vices, comme l'ont fait, chez les Romains, Horace, Perse et Juvénal.

5°. On peut faire parler les personnages qu'on destine à instruire les autres, en composant des dialogues, comme Platon et Lucien ; ou en représentant la vie humaine sur la scène, sous le double rapport saisi d'un côté par Eschyle, Sophocle et

Euripide; et de l'autre côté par Aristophane et Mé-
nandre.

6°. Enfin la sixième manière est de faire des épo-
pées, d'après les modèles d'Homère, ou simplement des apologues, à l'exemple d'Ésope.

Cette dernière branche de la morale en fictions
a donné naissance aux romans, dont le Cyrus de
Xénophon et l'Ane (1) d'Apulée sont les types an-
tiques, effacés à plusieurs égards par beaucoup de
romans modernes.

Les romans sont, suivant Turgot, parmi les ouvrages d'esprit, ceux qui ont mis le plus d'idées
en circulation. Voltaire avoit fait dire aussi par une
jeune fille, dans *le Droit du seigneur*:

> A réfléchir que de nuits j'ai passées !
> Que les romans font naître de pensées !

Tous les romans, proprement dits, sont bien
éloignés d'être des livres de morale; mais les meilleurs, les plus goûtés, ceux que l'on réimprime et
qu'on relit sans cesse, ont néanmoins ce caractère;
leurs récits amusants sont aussi instructifs, ils plai-
sent pour mieux enseigner; et dans ce double genre,
Gil Blas de Santillane, le chef-d'œuvre de son auteur, *Alain-René* LE SAGE, passe pour un des livres

—————————————————

(1) Appelé l'*âne d'or*, mais seulement pour exprimer le cas
qu'on faisoit de ce livre, regardé comme un livre d'or.

les mieux pensés et les mieux faits que nous ayons dans notre langue.

La Harpe l'a très-bien loué, quand il a dit : « Gil » Blas est l'école du monde. »

DU ROMAN DE GIL BLAS, ET DES ALLUSIONS QU'IL RENFERME.

Gil Blas n'a pas été le début de Le Sage. Il avoit fait jouer au Théâtre François la comédie de Turcaret, et Crispin rival de son maître ; il avoit publié plusieurs autres ouvrages, quand les deux premières parties du roman de Gil Blas parurent en 1715. Le Sage avoit 38 ans.

Ses pièces de théâtre et ses premiers romans traduits de l'espagnol avoient eu un très-grand succès. Le journal de Verdun de décembre 1707, parlant de la seconde édition du roman du *Diable boiteux*, fait remarquer que deux seigneurs prirent querelle à ce sujet, et mirent l'épée à la main pour savoir à qui resteroit le dernier exemplaire de cette édition.

Le Diable boiteux étoit plein d'allusions et de satires, qui en faisoient précisément un livre populaire. Gil Blas étoit d'un genre un peu plus relevé. Il eut un grand succès d'estime et un débit considérable. Il fut augmenté d'un volume en 1725. La dernière partie, publiée seulement en 1735, fut d'abord critiquée. Cartaud de La Vilate, dans l'*Essai sur le goût*, trouve que ce dernier volume est fort au-dessous des trois autres. Je ne sais où il avoit pris cette fausse prévention, que je ne saurois partager. Ce dernier tome de Gil Blas me paroît être absolument de la même main que le reste. Il y a des suites piquantes des aventures racontées dans les neuf premiers livres. Y a-t-il rien de plus plaisant et de mieux caractérisé que ces deux chartreux, si austères, trouvés par Gil Blas à Valence, Livre x, Chapitre 1er, et ce qui s'ensuivit, que je dois laisser au lecteur le plaisir de chercher vers la fin de l'ouvrage même, Livre xii, Chapitre 1er?

Le journaliste Desfontaines affecta de combler Gil Blas des éloges les plus outrés, moins pour rendre justice au talent de Le Sage, que pour humilier, par contre-coup, deux romanciers qui étoient ses contemporains (l'abbé Prévôt et Marivaux). Ils n'avoient pas la verve ni le naturel de Le Sage. Leur manière avoit des défauts dont la sienne est exempte; mais ils étoient peintres aussi, et quelquefois même grands peintres. Desfontaines étoit partial et injuste. On pouvoit, quoi qu'il en ait dit, lire avec intérêt *Manon Lescaut* ou *Marianne*, sans établir à cet égard des comparaisons odieuses, et sans rien dérober au charme de la lecture de Gil Blas.

La vogue de ce dernier livre étoit d'autant plus

grande qu'on y trouva d'abord avec plus de plaisir, sous des noms espagnols, beaucoup d'anecdotes françoises et quantité d'originaux si connus à Paris qu'on pouvoit les montrer au doigt. En vain Le Sage avoit voulu prévenir ces allusions, par un avis exprès en tête de son livre. On débitoit secrètement une clef de Gil Blas, à peu près dans le même genre que celle que l'on avoit faite pour le livre de La Bruyère ; mais la clef de Gil Blas n'étoit que manuscrite ; et nous n'avons plus, à cet égard, que des traditions confuses, sauf quelques traits saillants et généralement connus.

On disoit, par exemple, que Le Sage, en peignant le docteur Sangrado, avoit en vue le respectable et savant médecin Hecquet, qui étoit célèbre à Paris au temps où Le Sage écrivoit. Hecquet suivoit lui-même et prescrivoit aux autres le régime le plus sévère. Il avoit publié deux tomes sur les vertus de l'eau commune. L'auteur de la Vie de Le Sage, qui se trouve à la tête de ses œuvres choisies, se trompe quand il dit que tout Paris savoit que Sangrado étoit Helvétius.

Les anecdotes que fournit le quatrième Livre sur deux docteurs sans cesse en opposition entre eux, regardent les querelles du même médecin Hecquet et d'Andry, son antagoniste. Le Sage les appelle *Cquetos* et *Andros*, ce qui déguise à peine les noms des deux docteurs françois. Il les fait pérorer contradictoirement sur le mot grec d'*Orgasme*, ou la coction des humeurs, parce qu'ils s'étoient disputés précisément à ce sujet. Il parle d'un ouvrage intitulé le *Brigandage de la médecine*. C'étoit le titre d'un ouvrage composé par Hecquet.

Le *Guyomar* qu'on trouve ivre mort dans la rue, étoit un professeur de l'Université qu'on nommoit Dagoumer, et qu'il avoit fallu souvent rapporter au collége dans cet état d'ivresse. L'abbé Ladvocat a eu soin de rappeler cette anecdote, à l'article de Dagoumer, dans son *Dictionnaire historique abrégé*. Et le nom de ce professeur de philosophie scolastique ira probablement à la postérité, moins à cause de ses ouvrages, estimés de son temps, oubliés aujourd'hui, qu'à cause de l'attention donnée à son intempérance par l'auteur d'un roman et celui d'un dictionnaire.

Le huitième Livre de Gil Blas commence par une aventure d'un fils amoureux de sa mère; absolument le même conte que celui qui a été fait sur Ninon de l'Enclos et sur un fils qu'elle avoit eu, dit-on, du marquis de Villarceaux.

On nommoit ainsi les poètes, les acteurs, les actrices, même les grands seigneurs, que Le Sage avoit voulu peindre et qu'il avoit couverts d'un manteau espagnol, comme on savoit qu'il l'avoit fait déjà dans le Diable boiteux.

Nous pourrions allonger beaucoup le catalogue

de ces allusions et de ces applications d'une foule
de traits du roman de Gil Blas à des événements
ou à des personnages plus ou moins désignés, à
l'époque où Le Sage composoit ce roman célèbre.
Le sel de ces remarques est perdu aujourd'hui pour
nous ; mais chacun les faisoit alors avec empresse-
ment ; et la malignité, qui aime à trouver des vic-
times, ajoutoit au plaisir qu'on goûtoit à lire ce
livre.

M. le comte de Tressan, qui avoit vu Le Sage
sur la fin de sa vie à Boulogne-sur-Mer (en 1746),
l'avoit entendu quelquefois s'expliquer franchement
sur les originaux réels des portraits dont Gil Blas
est une riche galerie : mais M. de Tressan n'avoit
pas eu l'idée de mettre par écrit les révélations que
cet auteur lui avoit faites, et il se reprochoit cette
négligence, à laquelle nous ne pourrions suppléer
aujourd'hui que d'une manière imparfaite (1).

Cependant le mérite du roman de Gil Blas étoit
indépendant du succès un peu odieux et presque
toujours passager de ces satires personnelles, dans

____

(1) C'est ce que l'on a essayé dans les remarques jointes à la
présente édition, et les nouveaux sommaires que l'on a cru
devoir ajouter aux titres des chapitres, pour mieux faire sentir le charme et la variété des tableaux de Gil Blas. Les notes
ont aussi un objet principal ; celui de démontrer, par une
foule de détails, que les peintures de Gil Blas s'appliquent
spécialement à des originaux françois, et n'ont pu émaner
d'un auteur espagnol.

le nombre desquelles il y en a souvent de dures et d'injustes. Ces vaudevilles n'ont qu'un temps; Gil Blas est demeuré, comme le dit Voltaire. La réputation du livre s'est soutenue depuis que les individus qui furent les modèles de ces portraits malins sont tous disparus de ce monde; elle s'est étendue dans tous les pays étrangers et dans toutes les langues où Gil Blas a été traduit, et où cette clef satirique n'auroit pu exciter que peu de curiosité.

JUGEMENT DE VOLTAIRE, ET SON ASSERTION RELATIVEMENT A GIL BLAS.

Il faut que le prix intrinsèque du roman de Gil Blas soit hors de toute atteinte pour avoir résisté au dénigrement de Voltaire.

Voltaire est le meilleur des juges, lorsqu'il n'est point passionné; mais ce grand homme n'est qu'un homme; et quand l'amour-propre est blessé, quelle main inflexible ne fait pas pencher la balance?

Voltaire avoit eu à se plaindre assez grièvement de quelques traits lancés contre lui par Le Sage. Celui-ci, travaillant pour le theâtre de la Foire, avoit représenté, comme un des partisans fanatiques de ce grand homme, un fou, amoureux de la Renommee et qui escaladoit le temple de Mémoire. C'étoit à Tiriot que Le Sage en vouloit : or, ce fou prétendu ramassoit dans la pièce un livre trouvé à ses pieds, et annonçoit tout haut qu'il prenoit *son vol terre à terre*. Et les mauvais plaisants, et les bas envieux dont l'auteur de Zaïre et de la Henriade étoit alors si harcelé, répétoient à l'envi ce rébus, de *Voltaire à terre :* et le censeur royal, et le lieutenant de police avoient laissé passer ce trait vraiment inconcevable dans une pièce de théâtre. Cette pointe grossière, débitée en public, de l'aveu de l'autorité, étoit très-offensante ; et l'on n'est pas surpris qu'une telle attaque ait poussé l'irascible Voltaire à dissimuler le mérite ou à contester le succès d'un auteur qui se permettoit de le traduire sur la scène d'une manière si directe et si injurieuse.

Ce n'est pas tout. Le Sage s'est permis de désigner Voltaire dans Gil Blas, sous le nom de Gabriel *Triaquero*, poète à la mode, à Valence. (Liv. x, Chap. v.) *Triaquero*, en espagnol, veut dire charlatan, vendeur de thériaque. Ce sobriquet malicieux, et l'esprit dans lequel tout le chapitre est rédigé, étoient faits pour blesser Voltaire, et par l'endroit le plus sensible.

Aussi, son humeur perce involontairement, à propos de Le Sage, dans la liste des écrivains du siècle de Louis xiv. Il a l'air de ne lui accorder qu'à regret quelques lignes ; et dans ces quelques lignes même, il élève, au sujet de ce livre char-

mant, un problème que l'on n'a pas encore exa-
miné, ni discuté comme il doit l'être.

Voici ce que disoit Voltaire à l'article de *Le Sage*,
dans la première édition du Siècle de Louis XIV :

« Son roman de Gil Blas est demeuré, parce qu'il
» y a du naturel. »

Cela sembloit bien sec ; c'étoit en quelque sorte
un déni de justice, que l'on ne pouvoit expliquer
que par le *manet altâ mente repostum* des outrages
faits à Voltaire sur le théâtre, et par écrit.

Dans les éditions suivantes du Siècle de Louis XIV,
Voltaire ajoute un fait qu'il se contente d'énoncer
simplement, comme une chose hors de doute ; c'est
que Gil Blas *est pris entièrement* d'un livre écrit en
espagnol, et dont il cite ainsi le titre : *La Vidad de
lo Escudero don Marco d'Obrego*, sans indiquer
aucunement la date, l'auteur, ni l'objet de cette
vie de l'écuyer don Marco d'Obrego.

Ainsi donc, des nombreux écrits publiés par Le
Sage, Voltaire ne mentionnoit que le seul roman
de Gil Blas, et sembloit n'en parler avec un peu
d'estime que pour en adjuger la gloire tout entière
à un écrivain étranger.

Les extrêmes bontés que ce grand homme avoit
pour moi, et la familiarité qu'il me permettoit avec
lui, m'enhardirent un jour à lui parler de cet article,
et à l'interroger sur la source quelconque où il

avoit puisé son assertion si précise relative à ce plagiat imputé à Le Sage : Voltaire se souvint qu'il avoit tenu cette note de Bruzen de La Martinière, très-savant géographe, et qui connoissoit bien, dit-il, la littérature espagnole.

Nous avons de La Martinière un Nouveau Portefeuille ou Recueil d'anecdotes, où il est en effet question de Le Sage de manière à autoriser le soupçon que Gil Blas seroit emprunté, avec des embellissements, d'un original espagnol.

Comme il faut juger sur les pièces, il est bon de citer le passage dont il s'agit.

EXTRAIT DU NOUVEAU PORTE-FEUILLE HISTORIQUE, POÉTIQUE ET LITTÉRAIRE, DE BRUZEN DE LA MARTINIÈRE.

« Baillet n'entendoit pas l'espagnol. Au sujet de Louis
» Velés de Guevarra, auteur espagnol, dans ses *Jugements*
» *des savants sur les poètes modernes*, §. 1461, il dit : On a
» de lui plusieurs comédies qui ont été imprimées en di-
» verses villes d'Espagne, et une pièce facétieuse sous le
» titre *El Diabolo cojudo, Novella de la otra vida :* sur quoi
» M. de La Monnoye fait cette note : *Comment un homme*
» *qui fait tant le modeste et le réservé a-t-il pu écrire un mot*
» *tel que celui-là ?* Cette note n'est pas juste. Il semble que
» M. de La Monnoye veuille taxer Baillet de n'avoir pas
» soutenu le caractère de modestie qu'il affectoit. Baillet ne
» faisoit pas le modeste; il l'étoit véritablement par état et
» par principe; et s'il eût entendu le mot immodeste, ce
» mot lui auroit été suspect; il eût eu recours à l'original,

» où il auroit trouvé *Diablo* et non *Diabolo*, *Cojuelo* et
» non *Cojudo*, et auroit bien vite corrigé la faute. Mais
» comme il n'entendoit ni l'un ni l'autre de ces derniers
» mots, il lui fut aisé, en copiant ses extraits, de prendre
» un *el* pour un *d*, et de changer par cette légère différence
» *Cojuelo*, qui veut dire *boiteux*, en *Cojudo*, qui signifie
» quelqu'un qui a de gros testicules. Et *Sobrino* l'exprime
» encore plus grossièrement en françois. M. de La Mon-
» noye devoit moins s'arrêter à l'immodestie de l'épithète,
» qu'à la corruption du vrai titre du livre de *Guevarra* (1).

» Au reste, c'est le même ouvrage que M. Le Sage nous
» a fait connoître sous le titre du *Diable boiteux*; il l'a
» tourné à sa manière, mais avec des différences si grandes
» que *Guevarra* ne se reconnoîtroit qu'à peine dans cette
» prétendue traduction. Par exemple, le Chapitre xix de la
» seconde partie contient une aventure de D. *Pablos*, qui
» se trouve en original dans un livre imprimé à Madrid en
» 1729. L'auteur des *Lectures amusantes*, qui ne s'est pas
souvenu que M. Le Sage en avoit inséré une partie dans
» son *Diable boiteux*, l'a traduite de nouveau avec assez de
» liberté, mais pourtant en s'écartant moins de l'original,
» et l'a insérée dans sa première partie à peu près telle
» qu'elle se lit dans l'original espagnol. Mais M. Le Sage
» l'a traitée avec de grands changements; c'est sa ma-
» nière d'embellir extrêmement tout ce qu'il emprunte des
» Espagnols. C'est ainsi qu'il en a usé envers Gil Blas,
» dont il a fait un chef-d'œuvre inimitable. »

    (Pages 336-339, édition de 1757, dans les *Passe-
temps politiques, historiques et critiques*, tome II,
in-12.)

---

(1) Le Sage a eu occasion de citer Guevarra dans un chapitre de
Gil Blas. Ce sera l'objet d'une note.

RECHERCHES ULTÉRIEURES SUR LE MÊME SUJET.

Les dernières paroles de Bruzen de La Martinière sont bien peu circonstanciées, et ne s'appliquent pas à l'assertion de Voltaire. J'ai eu occasion d'examiner la chose avec plus de précision, et j'ai été, je crois, assez heureux dans mes recherches.

D'abord, je me suis assuré qu'il existe, en effet, un livre écrit en espagnol, sous le titre indiqué, mais estropié par Voltaire. L'Académie royale de Madrid a eu soin de mettre à la tête de son *Dictionnaire de la langue castillane* un catalogue chronologique des auteurs cités dans cet ouvrage. Là, se trouve *Vida del escudero Obregon*, la vie de l'écuyer Obregon, comprise dans le nombre des livres connus comme classiques, publiés de 1500 à 1600, et dont l'auteur se nommoit Vincent Es-PINEL.

Quand j'ai su le nom de l'auteur, il m'a été facile de découvrir le livre même.

Il est intitulé : *Relations de la vie de l'écuyer don Marc de Obregon, dédiées à l'illustrissime seigneur cardinal archevêque de Tolède, don Bernard de Sandoval et Roxas* (frère du duc de Lerme), *le modèle de la vertu et le père des pauvres : par maître Vincent Espinel, chapelain du roi notre seigneur, à l'hôpital royal de la ville de Ronda. A Madrid, avec privilége,* 1618.

Cet ouvrage se distribue en trois *Relaciones* ; la première, de vingt-quatre *descansos* ou chapitres ; la seconde, de quatorze ; la troisième, de vingt-six. Chaque chapitre ne renferme qu'une portion de récit, toujours accompagnée de beaucoup de morale.

Le livre d'Espinel a été traduit en françois sous le règne de Louis XIII, par Vital d'Audiguier, écrivain que j'ai rappelé dans mon *Essai sur les meilleurs ouvrages écrits en prose dans la langue françoise*, placé à la tête des *Lettres provinciales* de Pascal.

J'ai conféré le texte et la traduction avec le roman de Gil Blas, et j'ai été surpris de voir qu'à proprement parler, il n'y a point de ressemblance entre l'ouvrage d'Espinel et celui de Le Sage, excepté deux ou trois passages et quelques noms tirés de la langue espagnole ; mais dans le fond des aventures et dans la forme des récits, il m'a paru certain que Le Sage s'est bien gardé de traduire Espinel ; il y auroit beaucoup perdu. Pour en convaincre le lecteur, je crois devoir transcrire ici le sommaire, d'ailleurs assez curieux, des chapitres de ce livre espagnol. Ces détails appartiennent essentiellement à la question que je traite, et j'espère que les lecteurs me suivront avec indulgence dans ces discussions et ces recherches nécessaires pour découvrir la vérité.

Extrait *des Relations de l'écuyer Marcos de Obregon, par Vicente Espinel, chapelain du roi à Ronda. 1618. Un vol. petit in-4°, 287 feuillets.*

PREMIÈRE RELATION.

Prologue où Le Sage a pu puiser l'idée de ses deux écoliers qui vont à Salamanque, et trouvent l'épitaphe du licencié Garcias. C'est vraisemblablement ce début analogue de l'un et de l'autre roman qui a fait prononcer, sans autre examen, que l'un ne devoit être que la copie de l'autre : ainsi, l'on juge un livre à la première page sans même tourner le feuillet.

Chapitre Iᵉʳ. Dissertation assez amusante sur les offenses et les duels, tout-à-fait étrangère au roman de Gil Blas, et qui pourroit, à elle seule, faire le sujet d'un bon livre (1).

Chap. II. Obregon, né à Ronda, entre comme écuyer chez un docteur *Sagredo,* bien différent du docteur *Sangrado.* Cet homme a *pour bibliothèque un arsenal, de la poudre et des munitions, en guise de drogues;* il a plutôt *appris à tuer qu'à guérir.* Mergeline, son épouse, est une femme fière de sa beauté et insensible à tout ce qu'on peut lui en dire. Elle se laisse enfin toucher par un jeune barbier qui vient tous les soirs jouer de la guitare avec Obregon. Le Sage a pris le fond de cet épisode (dans l'histoire du Garçon barbier, qui remplit le Chapitre vii

----

(1) Il est probable que c'est là que Vital d'Audiguier, traducteur d'Espinel, a pris le premier texte de son Histoire des Duels, dont Bayle fait l'éloge, et qui ne seroit pas indigne d'être rajeunie.

du Livre II de Gil Blas); ce qu'il n'a point pris, c'est la *gale* du jeune barbier qui, dans l'original espagnol, ne joue de la guitare que pour se guérir de cette maladie. Nous verrons plus loin que la gale joue un assez grand rôle dans les relations de Vincent Espinel.

CHAP. III. Tout le commencement de ce chapitre offre des traits qui ont été imités de loin par Le Sage. Le docteur va à Caramanchel : Mergeline fait venir le barbier, le docteur revient tout à coup. Ruses de Mergeline et d'Obregon pour cacher le barbier; ruses de Mergeline pour faire coucher le barbier chez elle, etc. etc. Mais Le Sage n'a point suivi son auteur jusqu'au bout. L'aventure, dans Espinel, finit d'une manière que ce bon chapelain a voulu rendre très-morale : la femme est battue, et le barbier mordu par un chien, *en punition du crime qu'ils n'avoient pas encore commis.*

CHAP. IV. Pour guérir les contusions de sa femme, Sagredo veut employer quelques remèdes, et entre autres, *la saignée;* Obregon l'en détourne; les deux époux lui demandent son histoire.

CHAP. V. Mergeline propose à Obregon de se marier; il s'excuse sur son âge avancé. Aventure de sa jeunesse, assez plaisante, mais sans aucun rapport à Gil Blas.

CHAP. VI. Le médecin et sa femme partent pour la Vieille-Castille. Obregon, craignant le changement de climat, reste à Madrid. Un *hidalgo* lui propose de servir de gouverneur à ses fils; raisons de l'écuyer pour s'en dispenser (1).

---

(1) C'est ici que Le Sage a pu puiser l'idée première du Bachelier de Salamanque ou Mémoires et Aventures de don Chérubin de la Ronda. Ce nom de la Ronda, qui est celui de la patrie de Vincent Espinel, rend le rapprochement sensibl .

Chap. VII. Entretiens à perte de vue sur l'influence de l'éducation; divers exemples : un cochon sauvage, une lionne apprivoisée, etc. etc.

Chap. VIII. Bataille plaisante de l'*hidalgo* contre un troupeau de bœufs. Obregon consent à le suivre. Description d'un mauvais souper (qui paroît chargée en France, mais qui n'est que vraie en Espagne). Il quitte la maison de l'hidalgo, et rencontre un ermite, chez lequel il entre pour se mettre à l'abri d'un orage.

Chap. IX. Il raconte ses aventures à l'ermite. Il y a ici quelque ressemblance légère avec Gil Blas. Étant à Cordoue et se rendant à l'Université de Salamanque, Obregon donne à manger à ses frais à des flatteurs qui le dupent (Gil Blas, Livre I, Chapitre II); mais l'auteur espagnol va ici plus loin que Le Sage : il prête à son héros une ruse au moyen de laquelle il dupe à son tour les flatteurs qui l'avoient d'abord attrapé.

Chap. X. Tour que le muletier joue aux étudiants qu'il conduit. Ils s'enfuient. Aventure nocturne et dégoûtante. Fatigué de courir, Obregon s'endort sous un arbre auquel est attaché un pendu, que la nuit lui cache, et dont les vers lui tombent sur le visage. Il prend ces vers pour des fourmis. Le Sage n'a pas cru devoir les ramasser.

Chap. XI. Obregon arrive à Salamanque et y gagne la *gale* (1). Il se guérit en faisant le contraire de ce que lui

---

(1) Les auteurs espagnols que nous avons d'abord suivis, ne se faisoient point de scrupule d'introduire dans leurs romans et même dans leurs comédies des tableaux assez répugnants. Scarron, à leur exemple, fait verser une cassolette sur la tête de don Japhet. Thomas Corneille, qui a pris de D. Francisco de Roxas sa comédie de D. Bertrand de Cigarral, jouée en 1650, n'a pas craint de risquer au Théâtre François ce qu'on va lire sur la gale, dont fait parade

prescrit le docteur Médina. Grande dissertation sur l'eau et sur les hommes colères.

CHAP. XII. Aventures hideuses, qui n'ont pas dû avoir plus d'attrait pour Le Sage que la peinture de la gale et la vermine du pendu.

CHAP. XIII. Obregon s'en retourne à Ronda avec un étudiant de ses amis. Ils rencontrent deux fripons qui volent au jeu tout l'argent des marchands avec qui ils font

------

le héros de cette pièce singulière. D. Bertrand parle à Isabelle et *lui présente sa main sans gant.*

D. BERTRAND.

Venez.

ISABELLE.

Ah !

D. BERTRAND.

Ce n'est rien , ce n'est qu'un peu de gale !
Je tâche à lui jouer pourtant d'un mauvais tour.
Je me frotte d'onguent cinq ou six fois par jour,
Il ne m'en coûte rien , moi-même j'en sais faire ;
Mais elle est à l'épreuve , et comme héréditaire.
Si nous avons lignée, elle en pourra tenir ;
Mon père en mon jeune âge eut soin de m'en fournir,
Ma mère , mon aïeul , mes oncles et mes tantes
Ont été de tout temps et *galants* et *galantes ;*
C'est un droit de famille où chacun a sa part ;
Quand un de nous en manque , il passe pour bâtard.

D. GARCIE.

Elle vous tient donc lieu de lettres de noblesse ?

Ce dernier vers est fort plaisant ; mais on est tenté de dire ce qu'ajoute Isabelle :

Le cœur me va manquer, si ce discours ne cesse.

Il est bien vrai que don Bertrand de Cigarral est donné pour un fou ; mais de pareils détails ne sont pas faits pour un théâtre aussi épuré que le nôtre ; et Le Sage s'est bien gardé d'en parler dans Gil Blas.

route. Ruses d'Obregon pour faire recouvrer leur argent aux marchands. Ce chapitre a pu fournir une idée à Le Sage, mais il en a fait un meilleur emploi.

Chap. XIV. Aventures diverses. L'une d'elles commence à peu près de même que celle des voleurs dans Gil Blas, mais finit autrement. L'écrivain espagnol a pu, comme Le Sage, copier Apulée, où se trouve précisément une caverne de voleurs. (Apuleii *Metamorphoseos*, Lib. iv et vii.)

Chap. XV. Les marchands, reconnoissants, se séparent d'Obregon, et lui prêtent un mulet pour continuer sa route. Cet animal têtu s'enfuit à l'aspect d'un serpent, qu'Obregon combat et tue. Anecdote parasite, ou, si c'est une allégorie, l'on n'en devine pas la finesse. Il cherche en vain son mulet.

Chap. XVI. Il retrouve son mulet entre les mains de quelques Bohémiens qui l'alloient vendre. Moyen qu'il emploie pour le recouvrer. Aventure imitée de la vie d'Ésope, par Planude.

Chap. XVII. Il arrive à Malaga, et console un ami de l'ingratitude des hommes. Divagations philosophiques et religieuses. Le chapelain aime à prêcher, et n'en perd pas l'occasion.

Chap. XVIII. Il rencontre un babillard, qu'il éconduit en babillant comme lui. Cette scène est comique, et réussiroit au théâtre.

Chap. XIX. Sermon sur les inconvénients et l'utilité de la langue. C'est une amplification de ce qu'on trouve à ce sujet dans la mauvaise vie d'Ésope, par le moine Planude, que La Fontaine a eu la bonté de traduire.

Chap. XX. Aumône forcée à des Bohémiens. Idée prise et autrement développée par Le Sage (Livre i^{er}, Chap. ii).

Description de Ronda. C'est la patrie du chapelain, et il se plaît à la décrire avec l'enthousiasme que l'on a naturellement pour son pays natal. (*Voyez* ci-dessus la note sur le Chapitre vi.)

Chap. XXI. Obregon enrôlé comme enseigne ; il se venge de l'un de ses ennemis. Destruction de l'armée de Santander, par l'épidémie, la désertion, etc. Suites fâcheuses des liaisons du héros avec une Biscaïenne.

Chap. XXII. Autres aventures plus ou moins plaisantes, mais sans aucune analogie avec Gil Blas.

Chap. XXIII. Il entre au service d'un comte de Lemos. Éloge de ce seigneur, qui vivoit alors et qui dut être assez content des flatteries du chapelain.

Chap. XXIV. Anecdote curieuse (que Le Sage n'a point prise). Il s'agit d'une amazone espagnole, dont il fait l'éloge, et dont il raconte un trait de générosité. Ce caractère, pris dans les mœurs castillanes, n'est pas sans intérêt.

DEUXIÈME RELATION.

Prologue. L'ermite fait un songe ; rêveries sur les songes. L'auteur avoit beau jeu pour parler beaucoup sans rien dire.

Chap. Ier. Avantages de l'attention pour celui qui parle et pour celui qui écoute. Encore un sermon en deux points.

Chap. II. Obregon punit un spadassin qui l'attaque.

Chap. III. Ce spadassin, pour se venger d'Obregon, lui joue un tour, que Le Sage n'a pas imité, quelque plaisant qu'il soit dans son invraisemblance. Obregon, jeté dans un puits, trouve le moyen de mettre le feu à la maison. On veut tirer de l'eau, Obregon remonte dans le seau. On le prend pour un esprit, etc.

Chap. IV. Singulier combat d'un chat et d'une couleuvre. Tableau exact et même un peu minutieux, mais dont on ne voit pas le but. Est-ce aussi une allégorie?

Chap. V. Le spadassin s'associe un alcade, ennemi d'Obregon; mais celui-ci fait retomber sur eux les tours qu'ils veulent lui jouer. Obregon n'est jamais en reste.

Chap. VI. Il entre chez le duc de Médina-Sidonia, qui se prépare à passer en Italie. Panégyrique de ce duc.

Chap. VII. Il s'embarque à San-Lucar avec les gens du duc. Aventures du voyage. Ils relâchent à une île aride où ils ne trouvent qu'un petit fort, destiné à la défendre contre les Turcs. Le Sage a puisé ici une idée pour l'histoire de don Raphaël (Livre v, Chapitre 1).

Chap. VIII. Aventure de la caverne et des Turcs, qui paroît être exactement copiée dans Gil Blas, ce qu'on peut évaluer à trois pages in-8°; mais qui peuvent aussi remonter aux *Métamorphoses* d'Apulée, comme nous l'avons déjà dit ci-dessus. Le renégat traite bien Obregon à cause de sa guitare. Ils arrivent à Alger; son maître le présente à sa femme et à sa fille.

Chap. IX. La fille de son maître conçoit pour lui une passion qu'il ressent aussi pour elle, mais qu'il s'efforce de combattre. Sa froideur simulée fait tomber la jeune fille en langueur.

Chap. X. Obregon, pour la guérir, dit aux parents désolés qu'il sait des paroles efficaces contre la langueur, quand on les dit à l'oreille du malade. C'est ainsi qu'il rassure la jeune Maure sur son amour. Embarras que lui cause cette cure merveilleuse. Ses maîtres le soupçonnent, et l'empêchent de voir leur fille.

Chap. XI. Sa bonne conduite ranime l'amitié de ses maîtres, qui lui rendent leur confiance. Il profite de ses entretiens avec leur fille pour la convertir. Fête à Alger à une époque correspondante à la Saint-Jean. Occasion de vanter les fêtes de la cour de Madrid, sous le roi Philippe III et le duc de Lerme, son ministre et son favori, au frère duquel Espinel a dédié son livre, comme nous l'avons dit d'abord.

CHAP. XII. Obregon use d'un stratagème assez plat pour faire découvrir et punir l'auteur d'un vol très-important. Réflexions. Lieux communs, etc.

CHAP. XIII. Ce service lui fait obtenir sa liberté; il convertit le fils et la fille du renégat. Ici se montre la différence du génie des deux auteurs, des deux nations et des deux siècles; Le Sage profite de la captivité de don Raphël, pour faire un renégat; Espinel se sert de l'esclavage d'Obregon pour convertir deux mécréants. Obregon quitte Alger sur les vaisseaux du renégat; conversation qu'il a avec celui-ci. Anecdote insignifiante.

CHAP. XIV. Alarme. Le pirate s'échappe. Il laisse à Obregon un de ses bâtiments, sur lequel celui-ci est pris en sa place. Il est d'abord maltraité comme tel, et ensuite reconnu. Il arrive à Gênes.

TROISIÈME RELATION.

PROLOGUE. Il quitte Gênes : un orage le force à se réfugier dans une auberge. Dissertation sur l'eau d'Espagne et l'eau d'Italie. L'auteur préfère l'eau d'Espagne. (Mais dans un Gil Blas allemand dont nous aurons occasion de parler ci-après, on prêche une doctrine bien opposée à celle-là. L'on cite deux vers qui prescrivent aux hommes de boire du vin, et de laisser l'eau pour les bêtes.

Vina bibant homines, animalia cætera fontes;
Absit ab humano pectore potus aquæ!)

Chap. Ier. Il se bat avec des paysans; il est mis en prison. Pour en sortir, il persuade au geôlier, homme très-cupide, qu'il a trouvé la pierre philosophale. Beaucoup de fous ou de fripons ont prétendu la posséder, et ils ont fait des dupes.

Chap. II. Il compose une poudre soporifique et dorée, qu'il fait sauter dans les yeux du geôlier occupé à la considérer. (Est-ce là l'origine de l'expression, *jeter de la poudre aux yeux?*) Il profite de l'étourdissement et du sommeil du geôlier pour s'emparer des clefs et fuir avec deux forçats.

Chap. III. Après avoir failli faire naufrage dans le bac, il arrive à Milan. Éloge magnifique de Charles Borromée, qui venoit récemment d'être canonisé (en 1610). Autre éloge d'Anne d'Autriche. Puis, Obregon gagne Turin, et cherche saintement dispute à deux luthériens qui *poussent l'hérésie jusqu'à le battre.*

Chap. IV. Il retourne à Milan. Chemin faisant, il démasque un prétendu nécromancien (1). La magie étoit à la mode, tout comme la recherche de la pierre philosophale. Espinel a du moins le mérite de n'y pas croire.

Chap. V. Description de ses occupations à Milan. Il va à Venise, et s'engage dans la cavalerie espagnole pour retourner dans son pays. Il s'égare, et accepte l'asile que lui offre un cavalier qu'il rencontre.

Chap. VI. La maison où il arrive paroît dans le deuil;

---

(1) Dans l'histoire d'Estevanille Gonzalez, surnommé le Garçon de bonne humeur, histoire que Le Sage avoue avoir *tirée de l'espagnol*, il y a un fameux nécromancien que va voir Estevanille avec deux Génevois, Chapitre xx. Cet épisode peut être emprunté des Relations de Marc Obregon.

après un souper silencieux, son hôte, dont la tristesse l'a frappé, lui raconte sa lamentable histoire.

Chap. VII. Suite de cette histoire terrible, mais trop compliquée et trop extravagante pour avoir pu trouver place dans le roman de Gil Blas.

Chap. VIII. Après avoir réparé les malheurs de son hôte par ses sages conseils, il arrive à Venise, chargé des marques de sa reconnoissance. Il confie ses effets à une certaine Camille (se disant sœur d'Aurelio, son hôte), et va à sa prière demeurer chez elle.

Chap. IX. Ses effets lui sont volés : Le Sage a tiré parti de cet épisode, et il fait voler Gil Blas par une autre Camille. Moyen heureux qu'Obregon emploie pour recouvrer ses effets. Il part.

Chap. X. Description de son voyage. Il est abandonné par les matelots sur une côte déserte de la Provence. Désespéré, il se rembarque dans un tonneau. Dieu et son ange gardien, qu'il a invoqués par une prière fort singulière, le conduisent dans une baie, où il est recueilli par un bâtiment qui le transporte à Marseille.

Chap. XI. De retour à Madrid, Obregon entre au service d'un grand prince. Réflexions sur la goutte qui commence à le tourmenter. Lucien a mieux fait parler la déesse Arthritis ; et Benjamin Franklin s'est entretenu avec elle d'une manière plus plaisante, quoiqu'il n'y ait pas de quoi rire.

Chap. XII. Aventure fâcheuse. On le mène dans une prison où tous les prisonniers sont enchaînés, hormis un seul, remarquable et redoutable par ses moustaches. Extravagances, quelquefois plaisantes, qui se commettent dans cette prison. Il finit par en sortir. Le Sage n'a rien imité de ce Chapitre.

(xxxi)

Chap. XIII. Il se décide à quitter la cour et Madrid.

Chap. XIV. Il rencontre à l'auberge de Daracunta un *Oydor* ou auditeur de Séville, curieux de connoître Marcos de Obregon, et inventeur de la *Mnémonique*, qu'il appelle mémoire artificielle. Sans se découvrir, il fait route avec cet homme. Dissertation ennuyeuse sur la mémoire, et sur la mnémonique, dont M. de Fénaigle a fait reparler de nos jours.

Chap. XV. Conversation qui a fourni des jeux de mots à Arlequin. Les deux interlocuteurs sont l'auditeur et un jeune novice échappé du couvent, qui, à la première auberge, raconte son histoire aux deux voyageurs. Le Sage a laissé cet épisode intact.

Chap. XVI. Obregon se nomme à l'auditeur en le quittant. Il arrive à Malaga, et y retrouve le fils et la fille du corsaire, qui s'étoient enfuis d'Alger pour se faire baptiser. Après avoir peint sa joie et la leur, il ajoute, pour n'y plus revenir, qu'ils vécurent et moururent ensuite en bons chrétiens.

Chap. XVII. Après avoir manqué d'être repris par les Algériens, il se rend aux environs de Ronda. Il y rencontre un de ses cousins, homme d'une grande vertu, nommé *Pedro Ximenez Espinel.* Il le quitte sans se faire connoître, et sans en donner la raison.

Chap. XVIII. Il est arrêté par des brigands, qui l'enferment dans une caverne avec le docteur Sagredo, qu'ils viennent d'arrêter en même temps que lui.

Chap. XIX. Histoire du docteur. Il s'étoit embarqué avec Mergeline pour le détroit de Magellan. Une bourrasque sépare le vaisseau qu'ils montent du reste de l'escadre.

Chap. XX. Après avoir long-temps erré, ils abordent dans une île habitée par d'horribles géants. Deux d'entre eux enferment le vaisseau dans une caverne, dont ils bouchent l'ouverture.

Chap. XXI. Sagredo s'échappe avec ses compagnons. Il mine et fait sauter l'idole des géants, qui par sa chute écrase plusieurs d'entre eux. Une circonstance à peu près pareille se trouve, je crois, dans Robinson.

Chap. XXII. Sagredo est interrompu par deux Portugais, marchands avares, que les brigands dévalisent d'une manière plaisante. Il continue. Bataille et trève avec les géants.

Chap. XXIII. Départ de l'île des géants. Retour à Gibraltar. Combat avec les Barbaresques. De son vaisseau, le docteur voit Mergeline, tombée au pouvoir des Corsaires, se précipiter à la mer. Fin de son histoire.

Chap. XXIV. Un page, arrêté par les brigands, se trouve être Mergeline, que le docteur croyoit morte. Le chef attendri donne la liberté aux deux époux et à l'écuyer.

Chap. XXV. L'orage qui a commencé au Chapitre VIII de la relation première, finit avec l'histoire d'Obregon. L'écuyer prend congé de l'ermite, non sans exagérer la force de cet ouragan. C'est, dit-il, à cause de cette tempête que le Mançanarès n'est plus qu'une réunion de ruisseaux qui se traînent dans une plaine de sable. On sait que le Mançanarès est la rivière de Madrid, et coule sous un pont superbe;

> Mais ce Mançanarès, formidable en son nom,
> N'est qu'un ruisseau rampant sur un obscur limon.

Épilogue. Divagations morales, terminées par l'éloge des grands seigneurs du temps d'Espinel.

On remarque dans cet ouvrage, parmi des traits heureux, le mauvais goût et les défauts ordinaires de quelques auteurs espagnols de ce temps-là. Le savant chapelain n'épargne pas l'érudition. S'il met en scène des Italiens ou des Portugais, il les fait parler chacun dans leur langue : cette bigarrure seroit bien choquante pour nous ; mais elle n'a pas le même inconvénient pour les lecteurs espagnols, auxquels la connoissance de leur langue facilite l'intelligence des deux autres. Il paroît aussi se complaire dans les citations latines, et ne laisse jamais aux lecteurs le soin de tirer le précepte de l'exemple ; chacune des aventures qu'il raconte est suivie d'un petit traité de morale. L'auteur se ressouvient partout de son métier : il est toujours en chaire.

RÉSUMÉ OPPOSÉ A L'ASSERTION DE VOLTAIRE.

Cette courte analyse donne, je crois, l'idée exacte du roman d'Obregon. On voit, en le lisant, que Le Sage en avoit seulement connoissance lorsqu'il composa son Gil Blas ; quelques analogies, peu sensibles d'ailleurs, prouvent qu'il ne l'a point traduit, et réfutent suffisamment l'assertion tranchante hasardée par Voltaire.

Ceux qui ont cru servir le ressentiment naturel de Voltaire contre Le Sage, en lui donnant cette anecdote, ont bien évidemment abusé de sa confiance ; et ceux qui, sur sa seule parole, ont répété le fait, ne l'avoient pas vérifié ; et Voltaire lui-même, désabusé de cette erreur, auroit pu s'écrier encore :

C'est ainsi trop souvent que l'on écrit l'histoire !*

Quelques traits isolés, saisis dans Espinel, et mieux rédigés par Le Sage, suffiroient-ils pour décider que Le Sage auroit *pris entièrement* dans Espinel un livre dont à peine celui-ci pourroit réclamer quelques pages ? Qu'auroit dit Voltaire lui-même, si, parce qu'il a profité de quelques idées de Parnell, qu'il a enchâssées dans Zadig, on eût osé lui reprocher d'avoir pris Zadig aux Anglois, et de se faire honneur des ouvrages d'autrui ?

D'ailleurs, il faut considérer qu'il y a dans tout bon ouvrage une idée principale, une idée mère, qui domine toutes les parties du tableau, et en assure le succès quand l'exécution correspond bien à cette idée. Rien de pareil ne se rencontre dans le salmigondis bizarre de la vie d'Obregon. Ce ne sont que des aventures avec des homélies enfilées l'une au bout de l'autre. Dans Gil Blas, au contraire, on voit l'intention de faire passer le héros par toutes les épreuves et toutes les conditions de la société civile, et de faire naître dans l'esprit du lecteur attentif les réflexions que l'auteur n'a pas l'air de lui suggérer. Le Sage a constamment suivi cette heureuse pensée. C'est là le grand mérite des aventures de Gil Blas ; et cependant, qui le croiroit ?

loin d'en savoir gré à Le Sage, on en fit d'abord contre lui un sujet de critique. On objectoit qu'il y avoit trop peu de vraisemblance dans la multiplicité d'aventures et d'incidents que ce plan ramassoit sur une même tête. On ne croyoit pas qu'un seul homme pût épuiser ainsi la combinaison progressive des rapports et des chocs du monde et de la vie humaine. On ne tarda pas à juger que cette censure étoit fausse. Il y a mille exemples d'individus qui ont été jetés réellement dans toutes ces vicissitudes. On sait que la vie de Cervantes, auteur de don Quichotte, est un tissu d'événements plus romanesques que son livre; et dans l'*Histoire des Voyages*, nous voyons un Mendez-Pinto, qui, étant né en Portugal, commença par être laquais, servit comme soldat, s'embarqua pour les Indes en 1537, y suivit saint François Xavier, fut treize fois esclave, fut vendu seize fois, essuya nombre de naufrages, revint en Portugal en 1558, et publia en portugais une relation intéressante et bien écrite de ses nombreuses aventures (traduite en françois par Figuier, *Paris*, 1645, in-4°). Dans l'histoire ancienne, nous trouvons Agathocle, fils d'un potier de terre, devenu successivement voleur, soldat, centurion, pirate, roi de Syracuse, et vainqueur de Carthage. Sa vie très-singulière a été écrite en anglois, comme une satire indirecte du bonheur de Cromwell. Ce qui est raconté par des historiens peut être sans scrupule supposé par des romanciers. Cette conception est donc irréprochable ; elle fait honneur à Le Sage, et il ne la doit point à Vincent Espinel.

D'après ce que je viens de dire, j'étois très-porté à penser que Le Sage a seul inventé le sujet de Gil Blas, dont il a créé l'ordonnance et poli les moindres détails avec cette entente si rare des effets dramatiques, secret d'un homme accoutumé à peindre sur la scène des figures en action et des passions en contraste.

Ce qui me confirmoit surtout dans cette idée, c'étoit la bonne foi avec laquelle on voit Le Sage avouer, afficher, dans les titres de ses romans de *Gusman d'Alfarache*, du *Bachelier de Salamanque* et du *Diable boiteux*, que ces romans sont dus originairement à des écrivains espagnols, qu'il nomme par leurs noms, tandis qu'il ne dit rien de semblable du roman de Gil Blas. C'est la preuve qu'il se croyoit là sur son terrain propre, et non pas sur le fonds d'autrui.

Cependant j'ai voulu interroger encore sur ce problème littéraire quelques amis zélés de la littérature et de la langue castillanes. J'ai été étonné d'apprendre que l'on revendique à Madrid le roman de Gil Blas comme une composition originaire de l'Espagne ; mais sans qu'il soit plus question de Vincent Espinel, ni *des relations de l'écuyer Marc*

Obregon. On n'y a point de connoissance de l'assertion de Voltaire ; il s'agit de toute autre chose.
C'est un nouveau procès qui s'offre sous une autre
face, et que je vais examiner avec la même bonne
foi que je crois avoir apportée dans la discussion de
l'opinion de Voltaire.

REVENDICATION DE GIL BLAS PAR LES ESPAGNOLS.

Un savant ex-jésuite, appelé Jean Isla, déguisé
sous le nom de don Joaquin Frédéric Issalps, est
celui qui a réclamé pour ses compatriotes la pro-
priété de Gil Blas. Il a donc pris la peine de traduire ce livre et de le publier à Madrid même, avec
ce titre : *Les Aventures de Gil Blas de Santillane,
volées à l'Espagne, et adoptées en France, par
M. Le Sage ; restituées à leur patrie et à leur
langue naturelle, par un Espagnol zélé, qui ne
souffre pas qu'on se moque de sa nation. Avec
permission. Madrid, de l'Imprimerie de Manuel
Gonzalez,* 1787, 4 *vol. petit in-*4°.

Comment cet ex-jésuite peut-il établir ce qu'il
dit avec tant d'affectation dans le titre de son ouvrage sur le *vol* qu'il prétend que Le Sage a fait à
l'Espagne ? A cet égard, il faut entendre l'explica-
tion détaillée, contenue dans une préface où l'auteur espagnol a rassemblé toutes ses preuves.

Je crois devoir donner ici ce prologue de don
Issalps, ou bien du père Jean Isla, parce que c'est

un juste hommage rendu au livre de Le Sage, dans tous les cas possibles. En effet, de deux choses l'une, ou la revendication des Espagnols est bien fondée, ou elle ne l'est pas. Or, quoi qu'il en puisse être, on verra quelle estime les Espagnols eux-mêmes font de ce beau roman, et ce qu'en pense le jésuite qui l'a traduit exprès pour le restituer, comme il le dit, à sa patrie.

Cette préface est un peu longue et peut-être un peu trop dans le goût espagnol ; mais c'est un procès littéraire que nous voulons faire juger ; il faut connoître les moyens et lire le factum de la partie adverse. Voici donc les raisonnements du très-révérend père Isla, que nous nous bornerons à éclaircir et à combattre par un petit nombre de notes.

CONVERSATION PRÉLIMINAIRE,

Communément appelée Prologue, et dédicatoire en même temps à ceux qui voudroient me lire.

« Seigneur lecteur, ne soyez pas surpris de cette qualification ! Il est sûr que dans presque tous les prologues, il est d'usage de *tutoyer* le lecteur ; il n'est pas moins vrai que, quoique j'aie respecté l'habitude dans telle et telle bagatelle que j'ai donnée au public, je n'ai pas observé celle-là, qui pourroit paroître le fruit d'une mauvaise éducation. Je suis maintenant repentant, je promets de me corriger, mais sans répondre de ma persévérance.

Quelque mauvais que soit un livre, il peut avoir des lecteurs de toutes les classes, auxquels conviennent des qualifications très-différentes, savoir : les *tu*, les *vous*, les *révérences*, les *paternités*, les *illustrissimes*, les *excellences*, les *altesses*, les *majestés* ; enfin, il n'y a pas jusqu'aux *sain-tetés* et aux *béatitudes* qui ne puissent le lire. Ne seroit-ce pas une irrévérence et une audace intolérables que de converser avec de si hauts personnages en les traitant *de toi à toi*, et en leur parlant le chapeau sur la tête? *Dans quelle gamelle avons-nous mangé?* me demanderoient-ils. Ou (ce qui seroit encore pis) ils ordonneroient à quelque laquais de m'assommer sous le bâton, et peut-être ils n'auroient pas tort.

Par quel moyen éviter une rusticité si grossière? il n'en est point d'autre que celui qui est admis chez toutes les nations policées. Chaque fois que l'on a besoin de parler par écrit avec des personnes de classes différentes, on tire un certain nombre d'exemplaires uniformes du même ouvrage, et quand on arrive au titre de celui avec qui l'on parle, on écrit seulement un *V*, qui est la lettre initiale de toutes les dénominations respectueuses, afin que chacun s'applique celle qui lui convient.

Cela posé, toutes les fois que dans ce prologue, parlant avec le lecteur, de quelque rang qu'il soit, je le qualifierai de **V**... il se donnera à lui-même le titre qui lui appartient, et ne pourra se plaindre de ce qu'on ne lui rend pas ce qui lui est dû.

Mais si dans tout prologue il seroit à désirer que l'on introduisît cette bienséance, dans un prologue dédicatoire ce seroit une espèce de folie que de ne pas la pratiquer.

Pour moi, ne cherchant dans ce travail, *presque ma-chinal*, d'autres Mécènes que mes lecteurs, je vois claire-ment quelle mauvaise grâce il y auroit à implorer leur protection et leur bienveillance, en leur manquant de respect. Ainsi, seigneur lecteur, mon respectable maître, que V... ne craigne pas que je la traite comme un manant ; je l'estime trop, je la vénère trop, et elle m'est trop nécessaire pour que je m'expose à mériter sa disgrâce, quand j'implore sa faveur, dont j'ai si grand besoin.

Auteurs, traducteurs, ou (ce qui est souvent la même chose) copistes, nous ne devons craindre d'autres ennemis que nos propres lecteurs : si nous méritons leur protection et leur satisfaction, nous ne devons pas *donner un zeste* de tout le reste qui ne nous lit pas. Que les premiers nous défendent d'eux-mêmes, et que les seconds aboient tant qu'ils voudront ! Nous serons avec eux comme le mâtin, qui, quand certains roquets dressent la tête pour japper après lui,

Lève la patte, pisse, et poursuit son chemin (1).

Joignez à cela que les livres ne s'écrivent que pour être lus, et que, par leur nature même, ils semblent être uniquement dédiés aux lecteurs. Les mettre sous la protection de quelqu'un qui peut-être ne les lira pas (comme font plusieurs grands personnages), c'est tirer les choses de leur état naturel ; cela revient à faire un présent à quelqu'un qui tantôt, pour montrer qu'il nous sait gré de notre bonne volonté, paye le présent plus cher qu'il ne vaut, et tantôt

---

(1) Alzan la pata, los mean,
   Y prosiguen su camino.

Ce chien, la *gamelle* et le *zeste* que l'on a vus plus haut, présentent un échantillon des proverbes trop familiers que les écrivains espagnols peuvent risquer sans conséquence, parce que ces proverbes sont bien accueillis dans leur langue ; mais ils ne seroient pas reçus de même en France.

le jette à la figure de celui qui l'envoie, ou le partage entre ses laquais.

Il y a encore un autre avantage, tant pour l'écrivain que pour le Mécène, à dédier ses ouvrages aux lecteurs. Comme l'auteur ne les connoit pas, il évite les mensonges et les flatteries dont sont ordinairement gonflées les dédicaces; car, ignorant l'histoire de chaque particulier, il est dispensé de faire leur éloge; et les lecteurs d'un jugement solide et d'un goût délicat n'ont pas la confusion de se voir loués en face. On sait que rien n'embarrasse plus un homme mûr et de bon sens que de se voir donner de l'encens par le visage, et, comme on dit, à sa barbe :

Cui malè si palpére, recalcitrat undique tutus.

Un superbe coursier, prompt à s'effaroucher,
Regimbe, et se défend quand on veut le toucher.

Horat., Sat., l. II, r.

Cela établi, seigneur lecteur, mon vénérable maître, que V... donne conclusion à la dédicace, et commençons tête à tête la conversation préliminaire qui se nomme vulgairement prologue. Je soupçonne que V... aura quelques questions à me faire, ainsi j'entre en matière, parce que je suis prêt à la servir et à la satisfaire de tout mon pouvoir.

V... demandera (je crois l'entendre) pour quelle raison, ou avec quel fondement est-il dit sur le titre de cet ouvrage que les aventures de Gil Blas furent adoptées par M. Le Sage, en lui ôtant l'honneur d'être leur père légitime, ou naturel? Quoi donc! ce monsieur ne le fut-il pas *certainement?*

Qu'est-ce que le seigneur lecteur appelle *certainement?* Dans les productions métaphysiques de l'entendement, il y a presque autant de doutes, s'il n'y en a pas plus, que

dans les productions physiques et matérielles du corps.
Dans celles-ci, l'on sait, ou l'on peut savoir, avec certitude la mère qui les enfanta; mais jamais l'on ne peut
savoir avec la même assurance le père qui les engendra.
Pour arrêter les inconvénients que ces doutes pouvoient
produire, la loi établit la fameuse décision : *Is pater est
quem nuptiæ demonstrant.* Mais comme il n'y a point de
mariage qui légitime les productions de l'esprit, nous ne
sommes pas obligés de croire que celui-là est leur véritable père qui se vante de l'être au commencement de l'ouvrage, excepté seulement pour les livres sacrés. La corneille qui se revêt des plumes d'autrui est une pure fable;
il n'y a que les voleurs et les plagiaires qui soient les véritables corneilles.

J'en conviens (répondra peut-être V...); mais je vou-
drois savoir sur quel fondement vous assimilez notre bon
monsieur à une corneille? Sur le plus solide et le plus
grave qu'il soit possible de présenter pour asseoir de
prudentes conjectures. Ses concitoyens, ses panégyristes
mêmes, l'avouent modestement, et le prouvent par des
faits qui paroissent concluants. Les auteurs impartiaux et
modérés du *Dictionnaire historique et portatif,* qui for-
moient une compagnie ou association de littérateurs de
Paris (1), tous hommes mûrs et retirés du grand monde;
qui n'appartenoient à aucun corps régulier, ecclésiasti-
que, politique, ou académique, et par conséquent étoient
exempts de tout esprit de corps ou de parti, disent dans leur
idiome naturel, quand ils viennent à traiter de M. Alain-

____

(1) Cette société prétendue de tant de gens de lettres étoit bor-
née, comme l'on sait, à un seul et unique auteur, le laborieux dom
Chaudon. Mais le jésuite espagnol a pu, d'après le titre, croire
qu'il avoit affaire à une compagnie.

René Le Sage, dans l'édition d'Amsterdam de 1771, tom. IV, page 145 :

« Alain-René Le Sage, poète françois, né à Rhuys en Bre-
» tagne l'an 1677 (1), mourut en 1747 à Boulogne-sur-Mer.
» Son premier ouvrage fut une traduction paraphrasée des
» lettres d'Aristénète, auteur grec. Il apprit ensuite l'espa-
» gnol et goûta beaucoup les auteurs de cette langue, dont
» il a donné des traductions ou plutôt des imitations qui
» ont eu beaucoup de succès. Ses principaux écrits dans ce
» genre sont, 1°. Gusman d'Alfarache, en deux volumes
» in-12 ; ouvrage dans lequel l'auteur fait passer le sérieux
» à travers le frivole, qui y domine ; 2°. le Bachelier de Sa-
» lamanque, en deux volumes in-12 ; roman bien écrit et
» semé d'une critique utile des mœurs du siècle ; 3°. Gil
» Blas de Santillane ; on y trouve des peintures vraies des
» mœurs des hommes, des choses ingénieuses et amusantes,
» des réflexions judicieuses, mais quelquefois prolixes. Il
» y a du choix, de l'élégance, dans les expressions, et assez
» de netteté dans les récits ; 4°. Nouvelles Aventures de don
» Quichotte, en deux volumes in-12 ; ce nouveau Don Qui-
» chotte ne vaut pas l'ancien, il y a pourtant quelques plai-
» santeries agréables ; 5°. le Diable boiteux, deux volumes
» in-12 ; ouvrage qui renferme des traits propres à égayer
» l'esprit et à corriger les mœurs ; 6°. Mélanges amusants
» des saillies d'esprit et des traits historiques les plus frap-
» pants ; ce recueil est, ainsi que tous ceux de ce genre, un
» mélange de bon et de mauvais. Cet auteur avoit peu d'in-

----

(1) C'est une erreur du biographe ; Le Sage étoit né à Sarzeau,
petite ville dans la presqu'île de Rhuys, le 8 mai 1668, suivant les
recherches exactes de M. Audiffret, qui a rédigé avec soin l'article
de Le Sage dans la Biographie universelle.

» vention; mais il avoit de l'esprit, du goût, et l'art d'em-
» bellir les idées des autres et de se les rendre propres. »

Ce qui, étant fidèlement rendu en espagnol, signifie (1) :

« Alain-René Le Sage, poète françois, naquit à Rhuys en
» Bretagne l'an 1677, et mourut en 1747 à Boulogne en
» France. Son premier ouvrage fut une traduction para-
» phrasée des lettres d'Aristénète, auteur grec. Il apprit
» ensuite la langue espagnole, qui lui plut tant, qu'il *publia*
» *beaucoup de traductions* ou pour mieux dire d'imitations
» de l'espagnol. Ses principaux écrits *dans ce genre* furent,
» 1°. Gusman d'Alfarache, en deux tomes in-12; ouvrage
» dans lequel l'auteur introduit le sérieux parmi le frivole
» qui y domine; 2°. le Bachelier de Salamanque, en deux
» tomes in-12; nouvelle bien écrite, et semée d'une cri-
» tique utile des mœurs du siècle; 3°. *Gil Blas de Santil-*
» *lane, où l'on rencontre des peintures très-fidèles et très-*
» *vives des coutumes des hommes, des choses ingénieuses et*

---

(1) On met ici la traduction littérale de la traduction espagnole,
au risque de se répéter. Il importe, en effet, de faire remarquer
les adroites infidélités que le jésuite espagnol a cru pouvoir se per-
mettre, parlant à ses compatriotes, qui pour la plupart ne savent
pas le françois. En comparant la traduction soi-disant fidèle de
D. Issalps avec l'original françois, on sentira par quel intérêt cet
auteur diminue les éloges accordés aux ouvrages qu'il laisse à LE
SAGE, et grossit ceux qu'il prodigue à Gil Blas : on n'a souligné que
ce qu'il souligne lui-même; en sorte que les additions qu'il fait au
paragraphe du *Dictionnaire historique portatif*, étant soulignées
par lui comme très-importantes, ressortent également dans la version : c'est ainsi que D. Issalps a souligné l'expression *gran talento*,
grand talent, dont il se moque ensuite avec d'autant plus de grâce
qu'elle n'est pas dans l'article original. Il en est de même de plusieurs autres fraudes de l'auteur espagnol, qui paroissent au grand
jour dans notre version plus scrupuleuse que la sienne.

» *divertissantes, des réflexions pleines de jugement, quoi-*
» *que quelquefois prolixes. Le style, sans cesser d'être na-*
» *turel, est élégant et correct.* La narration est coulante,
» nette et facile; 4°. Nouvelles Aventures de Don Qui-
» chotte, en deux tomes in-12; il s'en faut de beaucoup
» que ce nouveau Don Quichotte atteigne au premier; 5°. le
» Diable boiteux, deux tomes in-12; ouvrage où l'on ren-
» contre quelques traits qui servent à divertir et à instruire;
» 6°. Mélanges de matières amusantes et ingénieuses, et
» d'histoires curieuses; collection où il y a du bien et du
» mal, comme en toute espèce de collections. Cet auteur
» avoit peu d'invention, mais il étoit doué d'esprit et de
» goût, ainsi que d'un *grand talent*, celui d'orner les idées
» ou les conceptions des autres, en se rendant propres les
» pensées d'autrui. »

Voilà ce que disent les auteurs du Dictionnaire historique portatif à l'article de M. Le Sage. Et puisque les
compatriotes et les panégyristes mêmes de M. Alain (1),
hommes d'ailleurs d'une très-grande impartialité et d'une
critique très-délicate, comptent Gil Blas de Santillane parmi les traductions ou imitations de la langue espagnole,
dans lesquelles il exerça le *grand talent* de se rendre propres les pensées d'autrui, avois-je besoin de plus de fondement pour plumer la corneille françoise, et rendre aux
Espagnols Gil Blas en son poil et plume originaires?

Mais si l'on veut savoir de moi quel Espagnol fut le véritable père de ce fils, et d'où ou comment la pauvre créa-

____

(1) Alain n'est qu'un nom de baptême, et ne peut désigner Le
Sage que par un trait de raillerie assez peu convenable; cependant
on sait que Voltaire se plaisoit quelquefois à désigner Corneille,
Racine et Despréaux, en ne leur donnant que leurs prénoms de
Pierre, *Jean* et *Nicolas*.

ture vint tomber entre les mains du monsieur françois, je
ne le pourrai dire avec toute la certitude que je désirerois.
J'ai seulement pu vérifier que ledit M. Le Sage fut plusieurs
années en Espagne, les uns disent comme secrétaire, les
autres comme ami ou commensal d'un ambassadeur de
France (1); que son goût pour notre langue, et le plaisir
que lui faisoient les ouvrages gracieux, satiriques et moraux, qu'on y avoit publiés peu auparavànt, les uns ano-
nymes, les autres avec les noms de leurs véritables auteurs,
l'engagèrent à faire connoissance avec les uns et les autres.
Il eut une étroite amitié avec un certain ABOGADO, Anda-
loux, qui lui donna le fameux songe politique qui commence ainsi : *Pasaba yo et Bocalini por estudio ò por recreo*,
satire furieuse du ministère d'Espagne ; ce même ABOGADO
confia à M. Le Sage le manuscrit de la Nouvelle de Gil Blas
(autre satire plus agréable, plus douce, et plus intelligible,
du gouvernement des grands seigneurs que l'on vit successivement à la tête du ministère), pour qu'il la traduisît en
françois, la fît imprimer à Paris et publier comme née dans
ce royaume; car, sous le gouvernement alors existant de
l'Espagne, on n'auroit pu l'y faire paroître, sans que la vie
de l'imprimeur et de tous ceux qui auroient coopéré à sa
publication ne fût en danger. Il y a encore une autre raison
de grand poids pour croire que Le Sage ne fut pas le véritable auteur de cette agréable fiction. Quiconque la lira,
sera persuadé qu'elle fut écrite sous les règnes de Phi-

---

(1) Il n'y a aucune apparence que Le Sage ait été en Espagne ; il
est vrai seulement que l'abbé de Lyonne, amateur distingué de la
langue espagnole, et qui fut constamment un des bienfaiteurs de
Le Sage, lui apprit cette langue, lui rendit familiers les bons écrivains castillans, et les lui fit goûter. (*Vie de Le Sage*, à la tête de
la collection de ses œuvres choisies, en 1783.)

lippe III et Philippe IV, dont les ministres et les favoris y
sont maltraités. M. Le Sage, né en 1677, temps où Philippe IV étoit déjà mort, ne pouvoit venir en Espagne, ni
comme secrétaire, ni comme ami ou commensal d'un ambassadeur françois, vers la fin de ce siècle ou le commencement du suivant (alors le Gil Blas espagnol couroit déjà
secrètement dans les mains de quelques curieux, comme
un écrit anonyme et d'auteur inconnu); mais Le Sage pouvoit après coup s'engouer assez de nos romans pour les
imiter ou traduire en son langage. L'on peut croire qu'il
en agit ainsi avec Gil Blas, lui faisant dire en lettres mou-
lées et en françois ce qu'il avoit dit auparavant en manuscrit et en castillan (1). Voilà tout ce que j'ai pu vérifier sur
ce sujet, sans pourtant avoir, pour le prouver, des rensei-
gnements suffisants, ou des témoignages respectables pour
en faire foi. Ce qui me semble de cette relation, c'est *che
si non sia vero, al meno è bene trovato*. Et ainsi, seigneur
lecteur, de mon âme, mon très-estimé Mécène, V... pourra
croire celui qui lui semblera le meilleur.

Ce qui n'est pas douteux, c'est que dans le IIIe et IVe volume, on parle avec trop peu de respect de deux grands
seigneurs que l'on nomme (2), et sur lesquels on donne des
détails caustiques, malgré tout le respect dû à leurs personnes, ne fût-ce que pour leur haute naissance. Je ne me

----

(1) Mais si cela est vrai, s'il y a un Gil Blas, manuscrit, castillan,
composé par *Abogado*, pourquoi ne pas le publier avec toutes les
preuves d'authenticité convenables et requises en pareil cas? Pourquoi un Espagnol s'impose-t-il plutôt la tâche singulière de traduire notre Gil Blas, au lieu de nous donner le sien? Il me semble
qu'il n'y a pas de réponse satisfaisante à ces deux questions bien
simples.

(2) Le duc de Lerme et le comte d'Olivarès.

dissimule pas que beaucoup d'historiens, même nationaux, ne les traitent pas avec plus de ménagement ; mais comme il ne faut pas suivre de tels exemples, je n'en respecterai pas l'autorité. C'est pourquoi, dans ma traduction, je déguiserai les titres et les rangs de ces personnages, sans manquer à la vérité. Ceux qui sont instruits dans l'histoire les sauront, quoique je veuille les leur cacher ; je ne veux pas les dire à ceux qui les ignorent.

Je vois, seigneur lecteur, que V... n'est cependant pas tout-à-fait persuadée que l'écrivain françois ne soit pas le véritable père de Gil Blas, parce qu'elle dira : Si l'auteur de ce roman étoit Espagnol, il n'est pas vraisemblable que, habile et instruit dans la géographie et dans la carte d'Espagne comme tout son ouvrage l'annonce, il soit tombé dans l'énorme erreur que l'on voit tome IV, livre x, chap. I, où il est dit que Gil Blas et son fidèle Scipion, étant partis de Madrid pour les Asturies, *dormirent la première nuit à Alcala, et la seconde à Ségovie.* Les muletiers, même les plus ignorants de l'Espagne, savent qu'Alcala, par rapport à Madrid, est à la partie opposée des Asturies et de Ségovie ; et par conséquent qu'il faut repasser par Madrid ou ses environs pour revenir coucher la seconde nuit à Ségovie. Joignez à cela que d'Alcala à Ségovie il y a pour le moins vingt *leguas* (1), avec une grande gorge à passer. Il n'est pas vraisemblable que l'on trouvât en Espagne un muletier ou encore moins un voiturier assez peu soigneux de ses mules pour vouloir les exposer à la fatigue de faire en un jour un chemin que l'on peut difficilement achever en deux. D'où il suit qu'en aucun manuscrit espagnol, aussi bien pensé surtout que le manuscrit en question, l'écrivain

____

(1) La *legua* vaut environ deux lieues de France.

françois n'a pu prendre une erreur aussi grave et aussi démesurée, et que par conséquent le roman de Gil Blas lui doit son origine (1).

Mais que V... me dise, seigneur et très-vénérable lecteur; M. Alain-René n'a-t-il pas très-bien pu commettre cette erreur, avec l'intention de mieux cacher son vol? V... pense-t-elle que Cacus seul, le dieu tutélaire des larrons, eut l'habileté d'inventer certains artifices qui détournassent les scrutateurs curieux de ses vols ingénieux et délicats? Non, seigneur; cette habileté, tous les coupeurs de bourse, tous les plagiaires de livres l'ont possédée à un degré plus ou moins élevé. Maintenant, puisque ce M. Le Sage est si vanté *pour son grand talent de se rendre propres les pensées d'autrui;* que V... considère s'il n'auroit pas celui de laisser adroitement tomber telle et telle énorme erreur pour mieux cacher son jeu et mieux couvrir son vol.

Mais enfin pourquoi nous fatiguer? à quoi bon tourmenter la sibylle, quand l'oracle est si clair? Pour quelle nécessité prouver que le Gil Blas de Santillane fut originairement espagnol, quand les compatriotes et les panégyristes mêmes du copiste l'avouent? Ne comptent-ils pas Gil Blas parmi les *traductions* ou *imitations* de l'espagnol, dans lesquelles s'exerça M. Le Sage? Ne disent-ils pas que

---

(1) Il en seroit de même d'un grand nombre d'anachronismes dont Gil Blas est rempli. Ces fautes furent reprochées à Le Sage dans l'origine. Il convint de ces fautes dans un avis en tête du troisième volume, et promit de les corriger. Mais en voulant les réformer, il en fit de nouvelles, comme on le prouve dans les notes de la présente édition. *Voyez*, à cet égard, l'histoire de don Pompeyo de Castro, Chapitre vii du Livre iii, où Le Sage a substitué Varsovie à Lisbonne, et le prince de Radzivil au duc d'Almeyda.

ses principaux ouvrages dans ce genre furent *Gusman d'Al-farache*, le *Bachelier de Salamanque*, *Gil Blas de Santillane* (1), etc. etc.? N'ajoutent-ils pas immédiatement *que cet écrivain avoit peu d'invention, mais qu'il étoit doué d'esprit et de goût, ainsi que d'un grand talent,* etc. etc.? Que me falloit-il donc de plus pour le regarder comme un Espagnol francisé, lui ôter son pur masque, lui enlever ses imperfections, et lui faire parler son langage propre, élégant, primitif, et naturel?

Je vois pourtant que V... n'est pas bien satisfaite, et a encore quelque réplique ou quelque question à me faire. Si celui qui a fait cette restitution est un vieillard prudent ou sévère (comme il le dit lui-même) qui n'est pas endurant quand il s'agit de se moquer de sa nation, comment un homme de son âge a-t-il pu perdre son temps à un ouvrage demi-bouffon, en se donnant une fatigue qui paroît très-étrangère à ses années, et peut-être même à ses autres occupations particulières, auxquelles il pouvoit associer des travaux plus sérieux, plus utiles, et non moins agréables? Allons doucement : cette réplique, cette petite question touche certaine corde; il y a plusieurs parties à lier, il faut les saisir toutes.

En premier lieu, par cela même que je suis vieux, prudent, dur, et très-attaché à ma nation, je ne pouvois ni ne devois souffrir qu'un François, quel qu'il fût, vînt, avec

____

(1) D. Chaudon a suivi une prévention commune, et peut-être a-t-il trop compté sur l'assertion de Voltaire, quand il a englobé Gil Blas dans le nombre des livres que Le Sage avoit ou traduits ou imités de l'espagnol. Nous avons vu plus haut ce que l'on doit penser de l'assertion de Voltaire. Elle seroit contradictoire avec le fait de l'existence d'un Gil Blas espagnol, que l'on cite, il est vrai, mais qu'on ne produit pas.

ses mains lavées ou à laver, s'efforcer de nous persuader qu'un Asturien natif (comme on l'assure) de Pajarès avoit été engendré, conçu et enfanté de l'autre côté des Pyrénées, en supposant que M. Le Sage lui ait donné le jour, ni plus ni moins que comme on prétend que Jupiter le donna à Minerve.

En second lieu, l'ouvrage n'a rien de demi-bouffon, quoiqu'il soit écrit avec assez de sel et une certaine quantité de poivre-long. Le *ridentem dicere verum quid vetat* (1)? est reçu par tous les gens de goût, et ne s'appelle pas bouffonnerie, mais *bonne plaisanterie et enjouement. Castigat ridendo mores*, a été dit, il y a bien des siècles, à propos d'un des ouvrages les plus instructifs et les plus piquants que nous ait laissés l'antiquité. *Quien tuvò retuvò, y dexò para la vejez*, dit notre adage, qui en somme revient à celui-ci :

Quo semel est imbuta recens, servabit odorem
Testa diù.

HORAT., Epist. I, 11.

Le vase qui d'abord d'une pure liqueur
A rempli son argile encor vierge et nouvelle,
A son premier parfum reste long-temps fidèle.
M. P. LE BRUN.

Pourquoi appelle-t-on demi-bouffon un *ouvrage plein de peintures très-vives*, etc., *de réflexions non moins pleines de jugement*, etc., *et dont la narration est coulante, nette et facile*, comme aussi de temps en temps enjouée, sans jamais être bouffonne? Un ouvrage de ce caractère n'a

---

(1) Ne peut-on en riant dire la vérité ?
HORACE, *Sat I*, 1

rien de bouffon et ne doit paroître mauvais, pas même à un Matusalem, fût-il à la dernière année de sa longue vie.

Soit (reprendra de nouveau V...); mais se dévouer à un travail aussi machinal que celui d'une traduction! un homme qui pouvoit attendre de son âge et de ses occupations des travaux plus sérieux, plus utiles, et non moins agréables, c'est vraiment dommage, *è fà moltà pietà*. Mille remerciements de la faveur que me fait V... en attendant tant de moi; mais quand je serois tel que V... se figure que je suis, me trouvant, comme je me trouve, privé de santé, sans tête, sans mémoire, sans livres, et accablé de soins, je ne puis m'occuper que de ce mécanisme pour tuer le temps, me distraire un peu de mes maux, et servir mon pays le peu que je le puis.

Le roman de Gil Blas est très-judicieux, très-instructif, et en même temps d'un grand intérêt, à cause des innombrables événements qui s'y enclavent le plus simplement, le plus conséquemment et le plus naturellement du monde. Les mœurs des hommes y sont peintes avec toute la vivacité et la justesse possibles; elles donnent lieu aux réflexions les plus solides, les plus conformes à l'honnêteté naturelle et à la morale évangélique. Si par hasard il s'y glisse quelques aventures galantes, elles se traitent avec toute la décence et toute la bienséance que l'on peut désirer d'une plume exercée et circonspecte; car l'on doit observer que les aventures de cette espèce sont décrites de manière à inspirer le désir de les fuir en en montrant la punition.

Mais, monsieur, toute cette morale est fondée sur des faits fabuleux, puisque le héros même du roman est fabuleux. Eh! qu'importe que les faits soient imaginaires et fabuleux, pourvu qu'ils ressemblent à la vérité, et que la morale soit solide, pure, et en tout conforme à ce que

recommandent la religion et la raison ? Les fables de Phèdre
et d'Ésope sont-elles par hasard plus que des fables ? Malgré cela, qui a nié que ces paroles et ces actions des plantes
et des animaux aient enseigné beaucoup de choses aux hommes ? Le très-savant Pierre Daniel Huet, évêque d'Avran-
ches, un des hommes les plus sages qu'ait eus la France,
écrivit un livre sur l'*origine des romans et des nouvelles*. Il
n'y a qu'à le lire, dit un critique moderne (1), et qui que
ce soit demeurera convaincu non-seulement de leur antiquité et de l'usage que l'on a fait des fictions romanesques,
mais encore de leur utilité, comme de celle d'une école
de morale beaucoup plus efficace que les leçons d'aucun
maître.

Le même critique prétend (et les raisons sur lesquelles
il s'appuie ne sont en vérité pas foibles), que la lecture des
romans bien écrits est plus utile, au moins pour les parti-
culiers, que celle de l'histoire. Dans celle-ci, l'on n'ap-
prend tout au plus que ce qui s'est fait, et encore cela fort
rarement ; car il y a très-peu d'écrivains qui, soit par passion, soit par esprit de parti, soit par esprit national, ne
défigurent les faits véritables, en donnant pour tels les événements les plus altérés et souvent les plus contraires ; mais
dans les romans, on enseigne ce qu'il faut faire, en avouant
hautement que les modèles que l'on propose n'ont point
existé. Parmi les historiens, il n'en est pas ordinairement
de plus trompeurs que ceux qui vantent le plus leur fidélité : *Nulli jactantiùs fidem suam obligant, quàm qui*

---

(1) *Abogado Constantini*, Lettres critiques, t. II, p. 32. (Note
de D. Issalps). Nous ne connoissons pas Abogado Constantini, ni
ses Lettres critiques.

maximè violant, a dit l'un d'eux (1) très-accrédité parmi les modernes; mais les romanciers entrent en matière, en avouant que tout ce qu'ils disent est fictif, quoique si semblable à ce que l'on voit et à ce que l'on éprouve, que la fiction même conduit par la main à l'illusion, et amène insensiblement le précepte. La lecture de l'histoire ne sert communément qu'à charger la mémoire d'une foule d'événements incertains et passés, pour faire étalage d'une puérile et pédantesque érudition, soit dans les conversations particulières, soit dans les écrits publics; mais la lecture des romans, outre qu'elle sert à l'amusement par la variété et la confusion des aventures supposées, se dirige principalement à la connoissance pratique du monde, à la découverte de ses écueils, et à la manière de s'y conduire discrètement, chrétiennement et prudemment.

Les romans, les fables et les paraboles, se ressemblent beaucoup par le but qu'ils se proposent. Il n'est autre que d'apprendre aux hommes à être hommes. Ces trois genres d'ouvrages ne diffèrent qu'en ce que les premiers sont longs et amusants; les seconds, courts et agréables; les troisièmes, tantôt longs, tantôt courts; tous trois d'ailleurs sont moraux.

Ceux qui doutèrent de l'existence de Job, regardèrent son livre comme une longue parabole et comme un roman court, mais plein de bons préceptes. Le petit nombre de gens qui pensent de même de l'histoire de Tobie y voyent un roman supérieur et précieux, un tissu des hasards les plus singuliers, qui tous inspirent les plus hautes maximes de

---

(1) *Fam. de Estrada*, dans la préface de son histoire *de Bello Belgico.* (Note de D. Issalps.)

la religion, l'idée la plus élevée de Dieu, et les principes les plus propres à graver dans l'âme les obligations de la société humaine. Aucune de ces deux opinions ne peut se soutenir catholiquement ; mais elles existent. Les deux paraboles, l'une de Nathan à David après son adultère avec Bethsabée, et l'autre adressée au même monarque, quand il eut résolu d'ôter la vie à Absalon, pour le punir du fratricide qu'il avoit commis sur Ammon ; ces deux paraboles, dis-je, sont comme deux petites nouvelles : la première, tendant à ce que le monarque se repentît de son adultère ; la seconde, à ce qu'il rendît son amour, et ne donnât pas la mort au fils fratricide ; cette parabole fut *forgée* par son capitaine Joab.

Ainsi, les paraboles n'étant que de courts romans, réduits à un seul événement entièrement supposé et imaginaire, et les romans n'étant que de longues paraboles, entremêlées de diverses aventures fictives, quoique très-semblables à celles que nous voyons tous les jours, afin que la monstruosité réelle de nos véritables personnages soit palpable dans la monstrueuse déraison des personnages imaginaires ; ce genre d'écrits ne peut faire dégénérer aucune plume, pourvu qu'ils soient traités avec toute la décence, la discrétion et le jugement nécessaires.

Et en effet, quels livres plus profitables que ceux qui divertissent en instruisant, et transportent en enseignant, parce qu'ils ont l'art de déguiser le pédantisme ennuyeux de la leçon sous le masque d'un conte fait à plaisir et fabriqué à dessein ? Tels sont les romans bien écrits et les nouvelles travaillées avec jugement, choix et méthode. Aucun bon connoisseur n'a refusé ce mérite au roman de Gil Blas qu'adopta M. Le Sage. Loin de là, il y a des critiques d'un goût exquis, qui dans son genre ne le jugent pas inférieur au célèbre *Télémaque* de l'incomparable seigneur Fénelon de Salignac (1).

J'ai dit exprès, *le roman de Gil Blas qu'adopta M. Le Sage*, parce qu'il ne traduisit en françois que quatre petits tomes in-12, et termina son agréable nouvelle au double mariage de Gil Blas avec dona Dorothée, fille de don Juan de Juntella, et de don Juan de Juntella avec Séraphine, fille de Scipion et filleule de Gil Blas. Ces quatre volumes sont précisément ceux qui ont mérité les plus grands éloges des critiques de bon nez, dont plusieurs alloient jusqu'à le comparer au prince des romans, que composa le célèbre et très-discret archevêque de Cambrai.

Tel est, seigneur lecteur, l'ouvrage que je présente à V... comme lecteur, et que je lui dédie comme protecteur. Que V... me lise avec bonté, me favorise de son assistance, et si elle veut savoir comment je me nomme, maintenant va le lui dire,

Son plus dévoué serviteur,

D. Joaquin Frederico Issalps. »

RÉFLEXIONS SUR CE PROLOGUE.

Après ce plaidoyer en forme de prologue, réfuté, ce me semble, par le petit nombre de notes que nous y avons jointes, nous croyons bien qu'aucun François ne pensera que l'ex-jésuite ait pu prouver sa thèse. Il se fonde sur l'existence d'un

---

(1) On ne sauroit faire un éloge plus complet et plus fort des bons romans, en général, et spécialement de celui de Gil Blas. Ce morceau devient précieux, quand on songe que c'est l'ouvrage d'un jésuite.

texte original, qu'il auroit fallu constater et publier
en espagnol, plutôt que de traduire le Gil Blas de
Le Sage ; il n'y a pas moyen de réfuter cet argu-
ment ; mais la raison échoue, quand elle veut cho-
quer un préjugé national. On assure que ce jésuite
a gagné son procès au jugement des Espagnols,
dont le patriotisme considère aujourd'hui Gil Blas
comme un pendant de don Quichotte, et un fruit
du même terroir.

Quand même il seroit aussi vrai que cela paroît
improbable que Le Sage auroit pris l'idée de cet
admirable roman dans un manuscrit espagnol, il
n'a pas pu y dérober ce style vif et naturel, ces caractères peints de couleurs si naïves, ces scènes et
ces dialogues si piquants et si dramatiques, ces
anecdotes de Paris dont il transporte habilement
le théâtre à Tolède, à Grenade, à Madrid ; et cette
foule de détails qui ne peuvent certainement ap-
partenir qu'à lui, etc. A chaque page, on voit l'esprit, le ton, les mœurs, les aventures, le miroir
exact de Paris tel qu'il étoit dans le moment où
Le Sage écrivoit ; le costume des personnages est
tout ce qu'ils ont d'espagnol ; le reste est purement
françois. Il seroit impossible qu'un auteur anda-
loux eût ainsi deviné, dès 1635, ce qui ne s'est
passé qu'en France vers 1715 et 1725.

Il y a des traits historiques des règnes de Philippe III et de Philippe IV, intercalés dans ce ro-

man; mais ces détails étoient connus, et Le Sage a pu les puiser dans un grand nombre d'écrivains, en les appropriant au dessein qu'il se proposoit; on ne lui auroit pas permis de personnaliser les grands de la cour de Versailles, ni les premiers commis des ministres d'alors; on lui abandonna ceux des rois espagnols de la branche d'Autriche, éteinte en 1700, et dont la réputation ne tenoit au cœur à personne. Le Sage alors fut à son aise, pour peindre la corruption, la vénalité, la bassesse de tous les entours du pouvoir, et les vices des princes, cultivés à l'envi par ceux qui les approchent, et cette dégradation d'une autorité mal réglée qui descend du roi au ministre, de ce ministre à ses commis, de ces commis à leurs laquais, de ceux-ci à des courtisanes, etc.

Quant aux détails topographiques et aux descriptions des lieux, ce seroit là qu'un Espagnol se seroit arrêté, se seroit étendu avec le plus de complaisance, comme nous avons vu que Vincent Espinel s'étoit amusé à décrire sa ville de Ronda. Il y auroit eu tant de choses à dire sur Séville, Valence, Grenade, Madrid! et sur les antiquités de toutes les villes d'Espagne! et sur les beautés naturelles des campagnes fertiles de cette riche péninsule, etc.! Mais c'est la partie la plus foible des tableaux de Le Sage. Il ne l'a qu'effleurée; ce n'étoit pas là son objet.

Ces observations me paroissent très-importantes,
et j'ai vu de bons juges qui en ont été très-frappés;
ils ont relu Gil Blas exprès pour s'assurer si le goût
de terroir que l'écrivain y fait sentir est vraiment
celui de l'Espagne, ou s'il n'indique pas plutôt le
cru naturel de la France; ces connoisseurs impartiaux ont été de l'avis qu'on ne peut s'arrêter au
soupçon que Gil Blas soit volé à l'Espagne, et que
c'est à Paris qu'il aura désormais son certificat
d'origine.

Ce n'est pas un petit éloge pour un livre comme
Gil Blas, que ce conflit entre deux peuples, qui se
disputent à l'envi la gloire de l'avoir vu naître, et
qui donnent également, pour motif péremptoire
de leur prétention, que chacun des deux peuples
trouve dans cet ouvrage la fidélité scrupuleuse du
coloris national. Cette controverse est unique; on
n'en trouveroit pas un autre exemple dans les fastes
de la république des lettres.

Tous les peuples qui ont une littérature ont
rendu hommage à Gil Blas, en s'empressant de le
traduire, ou en tâchant de l'imiter.

DES TRADUCTIONS DU GIL BLAS.

Quant aux traductions, l'Italie en possède deux:
l'une est du chanoine Monti, secrétaire du cardinal Pompée Aldrovandi (*Venise*, 1740, 1746); et
l'autre, du docteur Crocchi (*Londres*, 1806.)

M. Smollett, auteur de Roderic Random, a traduit Gil Blas en anglois avec un soin particulier. Il
affecte de conserver et de faire sortir les mots les
plus piquants, qu'il laisse en françois dans son
texte; ces citations littérales sont devenues une
élégance parmi les écrivains anglois, quand les
expressions qu'on intercale ainsi sont heureuses et
bien trouvées; notre Gil Blas en est rempli. Mais
malheureusement, le traducteur anglois n'avoit pas
sous les yeux le dernier texte de Gil Blas, tel qu'il
se trouve, corrigé avec soin par l'auteur, dans
l'édition que donnèrent les libraires associés, en
1747. M. Smollett a travaillé sur les éditions fau-
tives qui ont été suivies aussi mal à propos dans la
collection des OEuvres choisies de Le Sage (1).

M. Smollett a joint à sa traduction des notes par
lesquelles il a voulu faciliter l'intelligence de Gil
Blas à ses compatriotes. Parmi les François mêmes,
un grand nombre en auroient besoin. Les livres
satiriques sont ceux qui s'obscurcissent dans un
laps de temps assez court, et qui ne peuvent bien-
tôt plus s'entendre sans un commentaire. Les allusions de Le Sage commencent à nous échapper.
J'ai dit que M. de Tressan a oublié de nous trans-
mettre celles qu'il avoit recueillies dans les entre-

---

(1) Dans la présente édition, on a suivi exactement le texte
épuré par l'auteur, et collationné sur l'édition de 1747.

tiens de Le Sage. J'en ai annoté quelques-unes à la marge et au bas des pages d'un exemplaire de Gil Blas; mais pour les rédiger et en faire part au public, il me faudroit plus de loisir et de santé que je n'en ai.

Intereà fugit, heu ! fugit irreparabile tempus (1).

IMITATIONS DE GIL BLAS.

Les imitations du roman de Gil Blas n'approchent pas de ce chef-d'œuvre; elles ne sont pourtant pas sans quelque mérite, et je dois en donner au moins une légère idée.

Un premier *Gil Blas allemand*, ou Histoire de Pierre Clauss, contient des aventures qui tiennent au costume et aux usages allemands. Le héros voyage beaucoup; et son nom change, suivant les pays qu'il parcourt. C'est *Claussini*, en Italie : *La Claussinière*, en France, etc.

---

(1) Voilà ce que j'ai dit d'abord , et qui m'enhardit à compter sur l'indulgence des lecteurs pour la foiblesse que j'ai eue de joindre à cette édition , et les sommaires des chapitres, et les projets de notes, que j'avois minutés uniquement pour mon usage, à la marge et au bas des pages d'un exemplaire de Gil Blas. J'espère qu'on me jugera sur mon intention ; je n'ai pas la présomption de croire que mes notes et mes nouveaux sommaires puissent rien ajouter au mérite supérieur que je me plais à reconnoître dans le chef-d'œuvre de Le Sage. Je n'ai voulu que l'éclaircir.

Il y a eu ensuite le nouveau *Gil Blas allemand*, composé par M. Hertzberg, professeur à Strasbourg, avec cette épigraphe :

Jam mala finissem letho ; sed credula semper
Spes fovet, et meliùs cras fore semper ait.

Il offre d'autres aventures qu'on croit être réelles, et qui sont, dit-on, arrivées entre les Vosges et l'Alsace. Hyacinthe, fils d'un fermier des bords de la Moselle, est entré, malgré lui, au noviciat des jésuites. Il se lie avec Retz, fils d'un maître d'école du pied des montagnes des Vosges, conduit dans ce noviciat par un désespoir amoureux. Ils en sortent ensemble. Tous deux sont éclairés, et restent vertueux au milieu des épreuves auxquelles ils sont exposés. Hyacinthe a bien des malheurs. M. de Fourcroy, général, dont il devient le secrétaire, séduit la femme qu'Hyacinthe avoit cru devoir épouser après en avoir eu un fils. Hyacinthe voyage en Angleterre et en Hollande. Il rejoint sa Nérine, lui pardonne, et la conduit auprès de Retz, qui est uni aussi avec son Émilie ; ils s'établissent dans les Vosges, où ils trouvent enfin la paix et le bonheur. Cet ouvrage, assez attachant, contient deux livres, qui ne sont point subdivisés en chapitres, comme ceux de Gil Blas, dont chacun présente une scène ou un tableau distinct. Il y a quelques épisodes qui auroient mérité une meilleure version. Celle que j'ai vue a paru à Francfort, 1778, deux parties in-12. On l'a réimprimée à Lille.

M. Thomas Holcroft a composé *Hugues Trévor*, ou le *Gil Blas anglois*, en quatre volumes in-12. Ce roman est plus remarquable et mieux fait que le précédent. Il donne une idée assez juste, mais peu avantageuse, de l'Université d'Oxford, de la théologie, de la jurisprudence et de la politique angloise. La composition a un ressort dont on peut dire : *Mens agitat molem*. Cette âme qui soutient Trévor dans les traverses qu'il éprouve, qui le rend au travail et l'encourage à la vertu ; cette déité généreuse qui préside à toute sa vie, est une personne charmante, la belle et sage Olivia. On est charmé de voir, à la fin du roman, son mariage avec Trévor. Il y a beaucoup de détails tenant aux mœurs angloises, et qui ne sont pas trop compris de ce côté-ci de la Manche. La traduction a paru en 1798 (*Paris*, Maradan, 4 volumes in-12).

Le titre de Gil Blas a semblé si heureux aux faiseurs de romans, qu'ils en ont presque à l'infini multiplié les contre-épreuves. On a les *Trois Gil Blas*, dans lesquels il y a quelques scènes assez plaisantes, mais un peu trop gaillardes.

C'est une suite de fredaines de trois jeunes gens de Strasbourg, qu'on appeloit les trois amis, ou le *Triolet bleu*. Au lieu d'embrasser les états auxquels on les destine, ils mangent tous leurs fonds, sont aux expédients pour vivre ; épousent la querelle des étudiants de Strasbourg contre les officiers ; sont obligés de fuir ; parcourent l'Allemagne comme musiciens, joueurs, comédiens ou braconniers ; intéressent en leur faveur une célèbre cantatrice, la signora Fiorella ; se retirent d'abord dans un château abandonné, et ensuite au milieu des rochers d'une île déserte qui reçoit d'eux le nom de l'*Ile des Amis*.

Quelqu'un a fait aussi l'*Histoire de l'Enfant de Gil Blas*. C'étoit même un projet qui étoit venu à Le Sage, comme on le verra dans la note sur le dernier chapitre.

Le roman de Le Sage a eu le destin des bons livres. Ils sont toujours suivis d'une foule d'ouvrages, que les imitateurs taillent sur le même patron ou jettent dans le même moule ; mais en littérature, ces filiations nombreuses sont, comme toutes les familles, sujettes à dégénérer. On peut leur appliquer, à plus forte raison, la fameuse strophe d'Horace, sur les petits-enfants qui ne vaudront jamais leurs pères :

> *Nos nequiores, mox daturos*
> *Progeniem vitiosiorem.*

FIN DE L'EXAMEN PRÉLIMINAIRE.